¡Aprende a leer, paso a paso!

Listos para leer   **Preescolar–Kínder**
• letra grande y palabras fáciles • rima y ritmo • pistas visuales
Para niños que conocen el abecedario y quieren comenzar a leer.

Leyendo con ayuda   **Preescolar–Primer grado**
• vocabulario básico • oraciones cortas • historias simples
Para niños que identifican algunas palabras visualmente
y logran leer palabras nuevas con un poco de ayuda.

Leyendo solos   **Primer grado–Tercer grado**
• personajes carismáticos • tramas sencillas • temas populares
Para niños que están listos para leer solos.

Leyendo párrafos   **Segundo grado–Tercer grado**
• vocabulario más complejo • párrafos cortos • historias emocionantes
Para nuevos lectores independientes que leen oraciones simples
con seguridad.

Listos para capítulos   **Segundo grado–Cuarto grado**
• capítulos • párrafos más largos • ilustraciones a color
Para niños que quieren comenzar a leer novelas cortas, pero aún
disfrutan de imágenes coloridas.

STEP INTO READING® está diseñado para darle a todo niño una
experiencia de lectura exitosa. Los grados escolares son únicamente guías.
Cada niño avanzará a su propio ritmo, desarrollando confianza en sus
habilidades de lector.

Recuerda, una vida de la mano de la lectura comienza con tan sólo un paso.

Step into Reading, LEYENDO A PASOS, Random House, and the Random House colophon are registered trademarks of Penugin Random House LLC.

Visit us on the Web!
StepIntoReading.com
rhcbooks.com

Educators and librarians, for a variety of teaching tools, visit us at RHTeachersLibrarians.com

ISBN 978-0-7364-4365-4 (Spanish trade edition) — ISBN 978-0-7364-9034-4 (Spanish lib. bdg. edition)
ISBN 978-0-7364-4366-1 (Spanish ebook edition)

Printed in the United States of America   10 9 8 7 6 5 4 3 2 1

First Spanish Edition

DISNEY
ENCANTO

La familia lo es todo

de Luz M. Mack

traducción de Susana Illera Martínez

ilustrado por the Disney Storybook Art Team

Random House 🏠 New York

Ella es Mirabel Madrigal.
Es amable y divertida,
y quiere a su familia.

Su familia vive
en un hogar mágico
llamado Casita.

Mirabel tiene dos
hermanas mayores.
Luisa es fuerte.

Isabela hace crecer flores.

¡Es tan perfecta!

Mirabel y ella

no se llevan bien.

Mirabel es la única
de su familia
sin un don mágico.

A su mamá le preocupa
que se sienta rechazada.
Mirabel también es especial.

Abuela cuida
de toda la familia
y de la magia de Casita.

Una noche, Mirabel
escucha a su abuela decir
que la magia de Casita
se está apagando.

Bruno es el tío de Mirabel.

Él puede ver el futuro.

Vio que la magia está débil.

Mirabel cree
que Luisa sabe algo
de la visión de Bruno.
Luisa está nerviosa.
Todos piden su ayuda.

Mirabel escucha a Luisa
y la hace sentir mejor.
Luisa dice que Mirabel
debe buscar la visión
en la torre de Bruno.

Mirabel descubre las piezas
de la visión de Bruno.
Su imagen está en el centro.

Mirabel encuentra a Bruno
escondido en Casita.

Bruno completa su visión.

Mirabel debe abrazar
a su hermana Isabela.

Isabela le cuenta
que ser perfecta es difícil.
Ella hace crecer un
cactus.
No solo sabe crear
flores lindas.

Casita tiene grietas.
Abuela culpa a Mirabel
de que la magia esté débil.

Pero Mirabel dice
que es culpa de abuela.

Abuela es muy exigente.

Casita se derrumba.

Abuela encuentra a Mirabel
cerca del río.

Se siente apenada.

No es culpa de Mirabel,
sino de abuela.

Mirabel siempre ve
lo mejor en su familia.

Juntos reparan a Casita.

¡La magia regresa!

La familia Madrigal

está más unida que nunca.

5